KB093432

별일 없습니다 이따금 눈이 내리고요

강성은

별일 없습니다 이따금 눈이 내리고요

강성은

PIN

011

차례

PIN
011

별일 없습니다 이따금 눈이 내리고요

강성은
시

소설小雪

꿈에서 배를 가르자
흰 솜뭉치가 끝없이 나왔다

겨울이면 옷 속에 새를 넣어 다닌다는 사람을 생
각했다

별일 없습니다 이따금 눈이 내리고요

첫아이

손안의 빛이 새어 나갈까봐
주먹을 움켜쥐고 있다

네가 가진 빛을 내어놓으럼 애야

누군가 도끼를 들고
내 손목을 내리친다

크리스마스 저녁 식탁 위에 내놓자
가족들이 모두 달려들었다

태양을 한 번도 본 적 없는 겨울 사람들처럼
극야의 마지막 밤처럼
기뻐서 어쩔 줄 모르고

불행의 구렁텅이에 차오르는 빛 하나로

서로의 손과 발을 묶고

손님

부스럭 문이 열리고

그가 가방을 열고 모래를 꺼낸다 가방에서 모래가 끝도 없이 나온다 어디 먼 곳 해변에서 담아 온 걸까 내 방에 해변을 옮겨놓기라도 할 작정인지 모래는 스르르 사르르 르르르 내 귓속으로도 쌓인다 나는 눈과 코와 입이 사라지고 귀만 남는다 귀는 점점 더 넓어진다 그가 가져온 모래를 다 담을 수 있을 것 같다 모래는 곱고 부드럽다 어제의 공기 내일의 냄새 그의 손은 아주 크다 눈과 코와 입이 없어도 알 수 있다 그가 나를 해변에 묻고

나는 모래 속에 잠기고
모래가 내 속에 잠기고

얼굴이 사라져간다 그사이
그가 내 얼굴을 훔쳐 간 것 같아

미닫이문이 열리고 다시 닫히고
마당 자갈 밟는 소리
멀어져간다

객차

　승객들은 모두 잠이 들었다 창밖은 빠르게 지나
가는 겨울 나는 혼자 깨어 있다 끝없이 이어지는 흑
백을 바라보고 있다 화장실에 다녀왔을 뿐인데 내
자리는 보이지 않고 곤하게 잠든 사람들 사이 어디
에도 빈자리는 없었다 달리는 기차 안에서 길을 잃
었다 맨 끝 칸으로 갔다가 반대로 돌아오면 알 수
있을 것 같아 나는 한 방향으로 나아갔다 다다른 곳
은 기관실이었다 그곳에 기관사가 잠들어 있었다
그의 주위로 쐐기풀이 무성하게 돋아나고 있었다 풀
은 무섭게 자라 기관실을 뒤덮고 곧 모든 객차를 넘
실거리며 물결칠 것 나는 돌아섰다 반대편 끝으로
가야 하는데 가도 가도 잠든 승객들뿐이었다 기차는
어디를 향해 달리는 것일까 아무도 깨지 않는 밤

금

거울을 버리러 나갔다
수거함 주변에
이미 깨진 거울이 여럿이다
거울은 금을 긋고 막아섰다
이제 저 빈 거울들 속으로
아무도 들어가지 못하리

우산을 쓴 여자가 지나간다
울면서 뛰어가는 남자도 있다
밤하늘엔 별들이 무수한데

빈 거울 속에 자꾸만
무언가 채워 넣던 사람은
거울 곁을 쉽게 떠나지 못하고

돌을 닦아 거울을 만드는 사람처럼
거울을 닦아 돌을 만드는 사람처럼

아주 오랫동안
맨발로 거울을 밟는 사람도 있고
아무리 밟아도 부서지지 않는 거울도 있고

Lo-fi

친구는 우울하다고 했다
친구여 오늘은 내가 옆에 있어줄게
하지만 내가 옆에 있어도
우울이 사라지지는 않는다고 했다

우리는 영화를 보러 갔다
등장인물이 너무 많았다

다음 해 극장은 사라지고
밤새 불 켜진 쇼핑센터가 되고
혼자 온 사람은 텅 빈 커다란 카트를 끌고 돌아
다닌다

쇼핑센터는 예식장이 되고
예식장은 병원이 되고

병원은 주차장이 되고
주차장은 유치원이 되고
유치원은 납골당이 되고

우리는 납골당에 갔다
친구는 여전히 우울해 보였다
여기도 사람이 너무 많다고 했다

어두운 한낮
파도가 출렁이는 소리
들으며 오래 누워 있었다

끝없이 이어지는 길

양로원 뒤에는 고아원이 있었다 고아원은 비어 있다 고아원의 고아들은 어른이 되었을 것이다 그리고 언젠가 고향으로 돌아올지도 모른다 양로원은 계속된다 멈추지 않는다 양로원의 입구로 걸어 들어왔던 사람들은 누운 채로 출구를 빠져나간다 양로원의 뜰에는 목련과 모과와 단풍나무가, 메워진 연못이 있다 사람들은 노인들을 괴물이라고도 천사라고도 불렀다 정신이 온전한 사람과 정신이 달아난 사람이 구분되지 않았다 봄과 가을도 구분되지 않았다 그리고 여름과 겨울이 구분되지 않고 연못이 있던 자리와 연못이 구분되지 않았다 고아원 뒤에는 죽은 아이들의 작은 무덤이 숲으로 이어져 있었다

재난 방송

재난이 벌어졌다고 끔찍한 일이라고 말했다 이런 재난은 처음이라고 우리들의 육체와 영혼에 심각한 손상을 가져다줄 것이며 이후로는 결코 다시 예전으로 돌아가지 못할 것이라고 방송을 하던 남자가 갑자기 울먹이기 시작했다 옆집의 누군가 악을 쓰며 저주와 욕설을 퍼부었다 밖에서 유리창 깨지는 소리가 들렸다 도피할 곳은 없었다 불이 나고 지진이 나고 집이 무너지고 폭설이 쏟아지고 태풍이 몰려오고 혜성이 지구로 돌진하고 있다고 결국 모두가 죽게 될 것이라고 그러나 그것이 끝이 아니며 재앙은 계속될 것이라고 1분 후 다음 재난 방송이 시작된다고 말했다 이제껏 본 적 없는 더욱 경악할 만한 재난이라고 덧붙였다 나는 천천히 침대에서 일어나 커피를 끓였다 일요일 오후였다

어떤 나라

까마귀 소리가 들렸다

눈을 뜨지 않았다

일어나지 않았다

어젯밤의 그 나라를 생각했다

나는 원주민이었을까 이주민이었을까

나는 왜 그 나라를 떠나지 않았을까

모두가 떠난 그 나라를

생각에 잠겨 있는데

까마귀 소리는 계속 들리고

까마귀 소리는 아주 검고

까마귀 소리는 하나의 점이 되고

그 나라의 공중을 맴돌고

눈을 떠도 어찌 된 일인지

까마귀 소리는 멈추지 않는다

Lo-fi

삶의 질을 높이기 위해
친구는 마스크를 쓰고 다닌다고 했다
미세먼지가 참 심각하지, 했더니
아는 사람 만나는 게 더 두렵다나
귓속에 솜도 틀어막고 있다고 했다
그럼 어떻게 내 목소리를 듣는 거야?
답이 없었다
우리는 공원을 말없이 걸었다
집으로 돌아와 나는
거울을 보며 마스크를 쓰고 귓속에 솜을 넣어보
았다
그런데 내 목소리를 안 듣고 싶을 땐
어떻게 해야 하는 걸까
집 안에는 주워 온 돌멩이들이 잔뜩 쌓여 있다
공원의 돌들이 하나씩 사라지는 걸

아무도 모르는 것 같다

폴라 나이트polar night

　심야의 미용실 여자가 빗자루로 바닥을 쓸고 있다 아무리 쓸어 담아도 어디선가 자꾸만 나타나는 검은 머리칼 오늘의 머리칼과 어제의 머리칼이 그리고 기억나지 않는 그제의 머리칼이 자라나다 멈추고 멈췄다 자라나는 언젠가의 머리칼이 밤의 바닥에 수북이 쌓여 있다 여자는 오늘 몇 번이나 가위질을 했을까 거울 저편에도 산더미처럼 쌓여 있는데 여자는 거울 속을 힐끗 쳐다본다 곧 흘러내릴 것 같은 저 검은 것들을 쓸어 담을 자신이 없다 매일 밤 다 쓸어 담지 못한 머리털이 거울 속까지 밀려 들어갔다 그리고 매일 밤 조금씩 거울 밖으로 밀려 나온다 검은 머리털 더미는 거울 속에서 덤불을 이루고 언덕을 이루고 저수지를 이루고 빙하를 이루고 가끔은 사람 모양이 되어 여자를 바라본다 거울 밖으로 쏟아져 나올 것만 같다 여자는 고개를

돌린다 바닥을 쓸다 말고 서둘러 불을 끄고 셔터를
내린다 내일 아침이면 거울은 다시 텅 비고 고요해
질 것이다 오늘도 다 쓸어 담지 못한 머리칼, 숨어
있는 머리칼이 있다 밤이 오기 전까지는 아무도 발
견하지 못하는 잘린 숨겨진 피 흘리지 않는 육체가
있다

녹음 綠陰

소나무 숲에서 잠이 들었는데
눈떠보니 저녁이었다
강으로 물놀이를 간 사람들이 돌아오지 않았다
어둠이 숲속에 가득 들어차 있었다
무서운 생각이 들었다

저 멀리서부터 다가오는 발소리
내 앞에 멈춰 울먹이듯 말했다
집에 가자, 이제 돌아와
그의 얼굴은 보이지 않았다

여름이거나 겨울이거나
대낮이거나 한밤중이거나
문득 잠에서 깼다
서늘한 숲이었다

제사

동생들이 굶고 있어
떡을 훔쳤다
떡을 들고 집으로 달려가는데 세상이 망해버렸다
집 안으로 들어서자
동생들은 보이지 않고
식기들이 소꿉놀이처럼 흩어져 있었다
내 손목에는 떡 봉지가
검은 봉지 속에는 아직 뜨거운 하얀 떡이
세상이 망해버렸다는 게 사실일까

떡이 딱딱하게 굳어가는 동안
떡을 먹여야 할 아이들은
떡을 먹을 수 없는 나이가 되었다는데

죽은 사람에게도 식욕이 있을까

여전히 내 손목에 매달려 있는 떡 봉지를 흔들며
이상하게도

나는 배가 고픈 사람으로
질문이 많은 사람으로
떡 봉지를 든 사람으로

잠든 얼굴로 울고
우는 얼굴로 잠든다

상속자

아이는 유산을 받았다 살던 동네를 떠났다 아이에게는 새로운 친구와 이웃이 생겼다 아이는 거울을 보며 자주 웃는 표정을 연습했다 얼굴에 새겨진 흔적을 지우려고 표백제를 발랐다 몇 번의 계절이 지나는 동안 친구와 이웃들은 계속 생겨났다 유산은 줄어들지 않았다 아무리 써도 돌아서면 남은 유산이 독에 받아놓은 물처럼 여전히 고여 있었다

어느 날 아이는 자신보다 앞서 걷고 있는 그림자를 발견했다 등 뒤를 돌아보았는데 거긴 아무것도 없었다 아이는 그림자 속에 발을 딛는 순간 빠져버릴 것 같았다 그림자를 피해 걷느라 자주 공중에 발을 들고 정지해 있었다 저 그림자는 나처럼 생겼구나, 검고 작고 희미하구나 고개를 저으며 아이는 그림자를 피해 걷거나 애써 외면했다 언제부턴가 아

이는 유산을 써버리기 위해 살고 있는 것 같았다 살아 있는 동안 탕진하고 싶었다

그런데 누가 죽었더라? 누가 내게 유산을 물려주었지? 죽은 사람이 기억나지 않았다 하지만 누군가 죽었을 것이다 늘 누군가는 죽기 마련이다 친구도 이웃도 생기기 마련인 것처럼

아이는 써도 써도 줄지 않는 유산을 이제 누군가에게 물려주어야겠다고 생각했다 유산을 물려줄 아이가 필요했다 세상에서 가장 불행한 아이를 찾아내야 했다 작은 일에도 진심으로 기뻐할 수 있을 아이를 그림자란 누구에게나 있는 거니까 어딘가에 있을 아이에게 유서를 써 내려갔다 멀리멀리 가거라 그리고……

미래의 책

한구석에 책들이 죽은 군인들처럼 누워 있다 죽은 군인들은 썩지 않고 유령이 되지도 않아 그냥 죽은 군인들일 뿐이다 죽은 군인들은 하나가 아니고 여럿도 아니고 죽어 있는 것도 아니고 살아 있는 것도 아니다 그들은 전쟁을 잊었고 피의 냄새를 잊었고 자신의 얼굴도 잊었는데 이따금 사력을 다해 전진한다 녹슨 총검과 함께 구덩이 속에 불태워졌는데도 영원히 죽지 않는 꿈 집으로 가고 있는데 집에서 더 멀어지는 꿈 더없이 젊고 아름답고 길고 긴 깨지도 못하는 꿈 한 번도 펼쳐진 적 없는 세상의 모든 길 그 길 위에서 전진한다 빛을 따라 빛의 탑으로

천천히 더 천천히

날아오는 공을 피하려다
매일 공에 맞고 있는 사람

매일 공이 날아와요

내 몸속을 들여다보던 자가 말한다
천천히 숨을 들이마셔요, 천천히

더욱 천천히

천천히 숨을 쉬고
천천히 발을 내딛고
천천히 다가가고
천천히 만지고

천천히 생겼다 천천히 사라지는

믿음 때문에

매일 공이 날아온다

피하기도 전에

아파트

아빠?

여자는 되물었지만

아파트

아파?

그러나 아이는 또렷하게 다시 말했다

아파트

생후 9개월의 아이가 난생처음 발음한 것이 아파트라니

여자는 자신의 귀를 의심했지만

아이는 그날부터 아파트, 아파트, 아파트라고 연이어 말했다

아이가 할 줄 아는 말은 아파트뿐이었기에

배가 고플 때도 똥을 쌌을 때도 잠투정을 할 때도

아파트 외치며 울었다

여자는 아이가 배 속에 있을 때

아파트에 대해 너무 많은 생각을 했다는 것을 그
제야 떠올렸다
아이의 방엔 작은 나무 침대를 놓고
거실엔 통통거리며 뛰어다닐 수 있게 아주 두꺼
운 매트를 깔아줘야지
여자는 배를 쓰다듬으며 버스 차창 밖을 보며
무거운 비닐봉지를 들고 좁은 골목을 걸으며
아파트를 생각했다

여자는 갑자기 알게 되었다
아파트를 완성하려고 네가 왔다
네가 나의 넓고 아름다운 아파트를 지어줄 거야
그 아파트엔 푸른 나무들이 우거져 있고 친절한
이웃이 있으며
나는 죽을 때까지 거기 살 거야

어서어서 자라렴 애야

아이가 다급하게 여자를 불렀다

아파트

향이*

꽃을 좋아하는 고양이를 위해
커다란 해바라기를 사다 주었다
스무 살이 넘은 할머니야
너는 그 나이에도 꽃을 좋아하는구나

이 여름이 너의 마지막 여름일지도 몰라
불안한 마음을 들키긴 싫었지
꽃을 보면 생기가 도는 너를
더없는 눈길로 바라보며 우린

겨울이 오자
나이가 더 많아진 할머니 고양이는
고통 없는 곳으로 멀리 갔다

네가 태어나던 날과

네가 죽은 날 모두를 기억하는 건
행복이겠니? 불행이겠니?
그걸 행복으로 여긴다면
우린 행복해서 매일 울 거야

안녕, 이상한 세계에서
우리, 할머니가 되어 만날래

* 내 친구 윤의 첫 고양이

말년의 양식

말년에 우리는 기타를 치기는커녕
일기 한 줄도 적지 못했다
말년에 우리는 간을 하지 않은
음식만 먹었지

영혼이 있다는 믿음은
잊어버린 지 오래

말년에 우리는
밤새 깨어 있거나
밤새 깨지 않는 잠을 자거나

한밤중 밤하늘의 구름장들
어디론가 멀리로 몰려가는
어두운 방들

저편으로 사라지면 나타나는
어둠 속의 밝은 방들
그것을 오래 구경하고 있었다

어두운 방 다음에
더 깊고 어두운 방이 몰려올 때까지

겨울이 온다

11월에는 새들의 목소리로 가득했다
성프란치스코는 새 형제들이여, 라고 말했지
나는 해를 보고 환희에 차서
얼음 속에서 나오지 않는 사람
검은 달의 허밍을 하루 종일 들었네
누군가는 내 눈이 멀었기 때문이라고 했지만

찬비가 내리면
목이 긴 새처럼
침묵하는 사람들
그리고 쓸쓸한 겨울이 온다

보자기를 쓴 늙은 여인이 광장을 백 년째 돌고
있다
교회 꼭대기의 다락방

하느님은 거기 계신가

PIN

011

눈 속에 안개가 가득해서

강성은

에세이

눈 속에 안개가 가득해서

그것은 안개로부터 시작되었다. 어디서부터 오는지 어디로 가는지 알 수 없는 하얀 베일로부터 시작되었다. 밤의 거대한 장막을 걷으며 천천히 다가오는 새벽의 침입자로부터 시작되었다. 안개는 오랫동안 펼쳐져 있던 허공과 골목과 학교와 은행과 공터와 빈 다락 안까지 스며들었다. 구름과 햇살과 나뭇가지를 B시를 그 베일 속에 숨겼다. 희고 불투명한 베일은 폭이 한없이 넓어서 아무도 그 시작과 끝이 어디쯤인지 알 수 없었다.

어쩌면 그것은 검은 강으로부터 시작되었다. 도시를 가로질러 흐르는 강은 B시의 어른들이 어린아이였을 때부터 어두운색을 띠고 있었다. 검은 물 위로 가끔 죽은 물고기들이 떠올랐다. 검은 강에 떠오른 물고기들의 비늘은 밤하늘에 떠 있는 별처럼 반짝거렸다. 강의 관리자들은 그럴 때마다 더 강한 소독제를 방류했다. 죽은 물고기들은 서둘러 깊은 땅속에 매장되었다.

어쩌면 그것은 B시의 자랑인 공장 지대로부터 시작되었다. 거친 황무지였던 이곳에 사람들이 모여들고 도시가 생겨나고 학교와 아파트가 지어졌다. 모두 공장 때문이었다. 작은 시골이었던 이곳은 사방에서 모여든 사람들 때문에 시로 승격되었다. 시의 지하에는 공장의 비밀 통로가 배수관처럼 연결되어 있다는 소문이 돌았지만 지상에는 갈수록 더 높은 건물과 푸른 잎사귀가 무성한 나무들과 아름다운 공원들이 생겨났다.

새벽의 안개는 가끔씩 있는 현상이었다. 그것은 이곳이 시가 되기 전부터였다고 했다. 강은 북쪽의 먼 나라에서부터 내려오는 큰 물줄기의 지류였다. 안개가 심하게 낀 날이면 어김없이 작은 사고가 나곤 했다. 자동차들이 아주 느린 속도로 달려도 접촉사고는 어디선가 꼭 예정된 듯 일어났다. 하지만 안개가 짙은 오전이 지나면 시에서 보기 드물게 투명한 햇빛이 비쳐 들었다.

그것을 처음 발견한 사람들은 새벽의 청소부들이었다. 20년이 넘게 그 구역을 청소해온 k는 자신의 손바닥 보듯 그 구역 전체를 훤히 알고 있었지만 집을 나서면서부터는 눈보라 속을 헤치고 걸어가는 기분이었다. 얼마쯤 걷다가 뒤돌아봤을 때 자신이 빠져나온 집과 골목이 보이지 않았다. 이처럼 지독한 안개는 생전 처음이군. k는 바닥에 침을 뱉었다. 자신의 손에 들려진 빗자루로 자신의 앞을 쓸면서 나아갔다. 그런데 이상하게도 바닥을 쓸었는데 빗자루에 쓸려 가는 것은 안개였다. 안개는 k의 비질에 조금씩 앞으로 쓸려 나갔다. 놀란 k가 쓸어놓은 안개를 만지자 그것은 곧 k의 손을 통과했다. 그리고 저만큼 쓸려 간 안개와 k 사이로 다시 안개가 들어찼다. 잠시 멈칫하던 k는 다시 비질을 계속했다. 아무리 빗자루로 쓸어도 그것은 마치 허공에다 대고 비질을 하는 것처럼 느껴졌다. 완전히 방향을 잃어버린 것 같았다. 청소는 불가능해, 라고 고개를 저으며 k는 동료가 올 때까지 안개가 사라질 때까지 그 자리에 서서 기다리기로 했다. 하지만 시간도 공간도 사라진 그곳에 k의 동료는 오지 않았다. k는 그 낯선 두려움 속에 오래 서 있었다.

날이 밝아오자 B시에서는 크고 작은 소란들이 일어났다. 해가 떴는데도 안개는 사라지지 않았다. 사람들은 창밖으로 아무것도 볼 수 없었다. 마치 거대한 구름이 도시를 깔고 앉은 기분이었다. 사람들은 서둘러 티브이를 켰다. 티브이에서는 모든 채널이 오로지 B시의 안개와 이상 기후에 관한 뉴스 특보만 방송 중이었다. 하지만 B시의 방송국에 출근하지 못한 건 기자나 앵커들도 마찬가지였다. 방송국에 있던 몇몇 앵커와 직원들이 전화 연결을 통해서 인터넷을 통해서 시시티브이의 화면을 통해서 호들갑스러운 상황을 연출할 뿐이었다. 전화가 연결된 기상청에서는 스모그현상에 대해 반복적으로 설명했다. 이 도시의 자랑인 공장에서 흘러나온 오염 물질과 매연, 일산화탄소가 주범이라고 했다. 스모그는 며칠씩 사라지지 않을 수도 있다고 말했다. 휴교령과 임시공휴일이 선포되었다. 일시적인 현상이니 침착하게 대응하라는 시장의 발표가 뒤이었다.

그럼에도 불구하고 사람들은 차를 몰고 거북이 운행을 시도했다. 그들에게는 가야 할 곳이 있었다. 가족과 떨어져 있던 자들은 집으로 돌아가야 했고 급한 일거리를 두고 온 사람들은 회사로 가야 했고 돈이 필요한 사람들은 은행을 찾아가야 했다. 먼 나라로 출발해야 하는 사람들도 있었다. B시에 처음 온 여행자들도 있었다. 도로는 벌써 여기저기가 사고 현장이었다. 자동차와 자동차가 아귀처럼 맞물

리고 찌그러졌다. 안개 속에서 사람들은 결국 차를 버리고 팔을 뻗어 허공을 더듬으며 출발했던 곳으로 되돌아갔다. 어떤 이들은 하루 쉬게 된 것을 진심으로 기뻐했다. 그리고 늘 그리워하던 잠 속으로 다시 들어갔다.

오후가 되어도 안개는 걷히지 않았다. 희미한 빛이 안개의 엷은 막을 통과했다. 사람들은 서로 손을 잡고 느리게 걸어 집 앞 편의점에 다녀왔다. 문을 연 가게는 거의 없었다. 집 안으로 다시 돌아온 사람들은 흠뻑 젖어 있었다. 아파트의 복도에서 사람들은 불안한 눈빛과 말을 주고받았다. 아이들은 집 안에서 꼼짝도 할 수 없었다. 아이들과 노인들에게는 거의 모든 것이 금지되었다. 날카로운 고양이의 울음소리가 밤새 들려왔다. 밤마다 대낮처럼 환하게 불을 밝혔던 유흥가에도 정적이 감돌았다. 늘 그곳을 찾던 사람들도 그날만은 예외였다. 그날 유흥가의 불빛은 희미했다. 안개 때문에 불빛은 훨씬 더 우수에 차고 아름다워 보였지만 골목은 고요했다.

그 거리가 생기고 처음 있는 일이었다.

 다음 날이 되자 상황은 더 나빠졌다. 두터운 솜뭉치 같은 안개가 도시를 둘러싸고 있었다. 각 방송사들이 수많은 카메라와 기자들을 파견했지만 아무도 B시에 들어가지 못하고 있다고 방송은 전했다. B시 외곽의 언덕에는 몰려든 취재진들이 집결해 있었다. 티브이 속에는 아무것도 보이지 않았지만 기자는 손으로 저것이 B시라고 가리키고 있었다. 기자의 손이 가리키는 것은 안개뿐이었다. 희뿌옇게 존재하고 있는 안개가 바로 B시였다. 사람들은 자신들의 도시가 나오는 티브이를 멍하니 지켜보았다. 내일은 세 개의 중대가 파병되어 안개를 뚫을 예정이라고 했다. 기상학자들이 기상청에 모여 안개를 없애는 방안을 논의 중이라고 했다. 인공위성에서 찍은 B시는 뿌연 연기만 찍혀 있었다. 헬리콥터 한 대가 B시로 진입했다가 공중에서 사라졌다고 했다.

 안개를 뚫고 대형 마트가 털렸다고 했다. 고층 아

파트에서 던진 화분을 맞고 길 가던 행인이 죽었다고 했다. 안개 속을 돌아다닌 사람들은 시름시름 앓아누웠다고 했다. 안개의 성분에 맹독성의 물질이 섞여 있다고 했다. 실종자의 수가 기하급수적으로 늘어나고 있다고 했다. 모두 소문이었다. 안개 속에서 일어난 일들이었다. 취재기자가 가기에는 역부족이었다. 숨어 있던 자들에게 안개는 더할 나위 없는 호재였다. 그러나 그들 역시 얼마 걷지 못했다. 길에서는 기도문이 들리기도 했다. 노랫소리가 들리기도 했다. 자신이 걸어가고 있다는 것을 알리기 위해 오직 목소리만이 사용되었다. 사람들은 예민하게 귀를 열어두었다. 길 위에서는 죽은 짐승들이 시체가 발견되었다. 새들이, 개와 고양이가, 쥐들이 형체를 알 수 없는 짐승들의 사체가 썩어가고 있었다.

방송은 계속되었다. 정부에서는 오랫동안 준비해왔던 인공 태양을 가동시킬 계획이라고 발표했다. 비밀에 부쳐왔던 계획이지만 완성 단계이므로 일주

일 안에 가동시킬 준비를 끝내겠다고 했다. 자욱한 안개는 인공 태양이 올려지면 서서히 사라져 24시간 안에 말끔히 갤 것이라고 했다. 인공 태양은 아직 거대한 실험관 안에 놓여 있었다.

이상한 안개였다. 창문을 열면 안개는 집 안으로까지 들어왔다. 넋을 잃고 바라보던 사람들은 집 안에 안개가 가득해지고서야 허둥지둥 문을 닫았다. 문을 닫고 한참이 지나도 안개는 사라지지 않았다. 안개는 살아 있는 생물처럼 움직였다. 문을 열면 어디든지 금세 들어갔다. 작은 틈도 놓치지 않았다. 두려움에 사람들은 어쩔 줄을 몰랐다. 손으로 휘휘 젓고 쫓고 가로막아 서도 소용없는 일이었다. 아이들은 신기한 눈으로 안개 속을 뛰어다녔다. 노인들은 울음을 터트렸다. 모두 유령처럼 희미해져갔다. 습기는 벽의 미세한 균열 사이로 숨어들었다. 벽들은 순식간에 검고 흉물스러운 곰팡이들을 만들어냈다. 곰팡이들은 순식간에 집 안 곳곳에 번져갔다. 얼룩덜룩한 벽과 천장에는 기괴한 문양의 그림들이 그려졌다. 안개가 들어온 집 안에서는 식물들이 죽어갔다. 기계들이 가전제품들이 나무들이 옷들이 책들이 조금씩 부식되고 부패하고 썩어갔다. 안개에 가려져 자세히 볼 수 없는 것이 다행이었다. 사람들은 안개의 시간을 견디기 위해 불안을 잊기 위해 술을 마셨고 잠드는 약을 복용했다. 잠들기를 원했고 자고 일어나면 창밖이 말끔히 개어 있기를 잠시 꾼 나쁜 꿈이었기를 바랐다. 그러나 오랜 시간 잠들지는 못했다. 자신이 잠든 사이 벌어질 일들이 두려웠다.

안개가 낀 지 엿새째, 인공 태양의 가동이 자꾸만 늦춰지던 어느 밤 사람들은 티브이에 눈과 귀를 고정시키고 있었다. 티브이 속에서 종교 지도자들은 집회를 열고, 모여 기도했다. 과학자들은 모여 안개의 성분을 놓고 지루한 검사를 반복했다. 티브이에서는 연일 토론회가 열렸다. 토론은 아무런 결론 없이 막말이 난무하는 싸움으로 종료되었다. 해결책은 나타나지 않았다. 외신들은 연이어 특종을 보도

했다. 해외의 한 단체에서는 새로운 주장이 제기되었다. 이것은 외계에서 보낸 신호이거나 외계인들의 침략일 수 있습니다. 티브이를 보던 사람들은 집 안의 안개를 한 번 더 유심히 돌아보았다. 앵커는 심각한 목소리로 말을 이었다. 여러분 어쩌면 이것은 안개가 아닐 수도…… 획, 하는 소리와 동시에 방송이 꺼져버렸다. 가로등이 꺼지고 라디오가 꺼지고 컴퓨터가 꺼지고 모든 불빛이 사라져버렸다. 동시에 B시의 모든 전기가 나가버렸고 시는 더 깊은 침묵 속으로 가라앉았다. 안개는 존재하는 모든 것을 부식시켰다. 전선들은 닳고 닳아 낡은 빨랫줄처럼 늘어지다가 문득, 툭 끊어졌다. 시의 방송국은 더 이상 어떤 전파도 잡아내지 못했다. 하늘을 겹겹이 두르고 있던 검은 전깃줄들은 하나둘 바닥으로 떨어져 쌓였다. 그리고 천천히 아주 느린 속도로 사라져갔다. 전화도 가스도 그 어떤 것도 공급되지 않았다. B시는 정전 때문에 침묵 때문에 태초의 암흑과 같은 밤을 맞이했다. 안개는 여전히 도사리고 있었다.

사람들은 더 이상 시에 머무를 수 없었다. 그들은 이제 기꺼이 그들의 집과 직장과 친구를 버릴 준비가 되어 있었다. B시를 버릴 준비가 되어 있었다. 그들은 서둘러 짐을 싸고 옷을 입고 거리로 나섰다. 거리에는 온갖 소리들로 분주했다. 한밤중에 사람들의 발소리는 서로에게 커다란 위안이 되었다. 보이지는 않지만 많은 사람들이 함께 길을 떠나고 있다는 묘한 안도감을 주었다. 침묵과 고요의 공포 속에 고립되지 않기 위해 온갖 소리들을 듣고 또 떠들어댔다. B시의 외곽으로 나가는 우회 도로를 따라 걷다 보면 더 큰 시인 M시가 나올 것이었다. 가족이거나 일행인 사람들은 서로를 놓치지 않으려고 손을 꽉 잡았다. 가방을 메고 아이를 업고 안개에 떠밀려 어디론가 부지런히 걸었다. 물 위를 걷는 기분이었다. 빠지지 않으려고 조심스럽게 걸음을 재촉했다. 하지만 몸은 더 무거워져갔다. 그러는 사이 누군가는 정말로 혼자가 되어버리기도 했다. 다리 위에서 몇몇 이들은 몸을 던졌다. 강물 속이 아니라 안개 속으로 몸을 던졌다. 남은 그림자들이 안개

속을 헤치고 가던 방향으로 계속 걸었다. 안개 속
은 고요와 외침이 동시에 일어났다. 해도 달도 사라
지고 오직 안개만이 계속되었다. 시작과 끝을 알 수
없는 하얀 베일 속에서 강물은 쉼 없이 흘러갔다.
베일 밖으로 나갈 수 있는 것은 강물뿐이었다. 시월
이었다. 길을 찾아 빛을 찾아 잃어버린 아이와 개를
찾아서 안개 속을 헤매던 사람은 계속해서 걸었다.
시는 침묵했다.

그날 밤 M시로 간 사람들도 있었다. 그러나 B시
를 빠져나간 것은 그들뿐이 아니었다. 안개는 사람
들보다 한발 앞서 움직였다. 안개가 어디까지 갈 수
있는지 아무도 알지 못했다. 왜 안개가 사라지지 않
는지도 알아낼 수 없었다. 다만 어디를 가든지 안개
를 피할 수 없다는 사실은 분명해 보였다.

"그곳은 물이 든 검은 비닐봉지 같았어요. 무엇이
들어 있는지는 알 수 없지만 불룩한 형태로 출렁거
렸고요, 뾰족한 것으로 푹 찌르면 터져서 한꺼번에
쏟아져 나올 것 같았죠."

"B시를 빠져나온 시민들의 증언이 이어지고 있습니다. 그들은 반쯤 넋이 나간 것 같고 헛소리처럼 들리는 말을 반복하고 있습니다. 무엇이 이들을 이렇게 만들었을까요. 불행하게도 이곳은 더 이상 사람이 살 수 없는 도시가 되었습니다."

B시를 통과해 나오는 검은 강물 앞에서 기자가 마이크를 들고 힘주어 말했다. 간만에 특종을 잡은 듯 자신에 찬 눈빛이 유난히 반짝거렸다.

티브이를 통해 지켜보던 M시의 사람들은 그녀의 얼굴이 점점 희미해져가는 것을 보았다. 그녀의 얼굴이 점점 일그러져 변해가는 것을 보았다. 작은 구름 덩어리들이 그녀 얼굴 위로 하나씩 내려앉았다. 화면을 수건으로 문질러도 티브이를 탕탕, 두들겨도 마찬가지였다. 마침내 티브이 속 가득 안개가 들어차 아무것도 보이지 않게 되었을 때, 각자의 티브이 속에서 스멀스멀 안개가 집 안으로 기어 나오기 시작할 때, 티브이를 보던 사람들은 공포감이 극에 달해 울부짖었다. 안개로 가득 찬 티브이 속에서 기자가 마지막으로 남긴 말은 이것이었다.

"보입니까? 여러분 제가 보이십니까?"

별일 없습니다 이따금 눈이 내리고요

지은이 강성은
펴낸이 김영정

초판 1쇄 펴낸날 2018년 8월 31일
초판 2쇄 펴낸날 2022년 7월 28일

펴낸곳 (주)현대문학
등록번호 제1-452호
주소 06532 서울시 서초구 신반포로 321(잠원동, 미래엔)
전화 02-2017-0280
팩스 02-516-5433
홈페이지 www.hdmh.co.kr

ISBN 978-89-7275-912-6 03810
      978-89-7275-907-2 (세트)

* 책값은 뒤표지에 있습니다.

현대문학 핀 시리즈 시인선